Cyfres Ar Wib
TECWYN TRYCHFIL

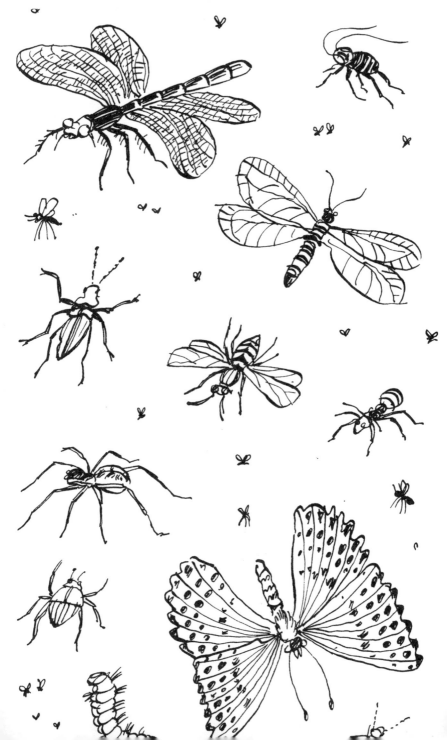

Tecwyn Trychfil

Dyan Sheldon

Lluniau Scoular Anderson

Addasiad Gwawr Maelor

Gomer

Argraffiad cyntaf – 2005

ISBN 1 84323 515 3

Cyhoeddwyd gyntaf ym Mhrydain
gan Walker Books Ltd., 87 Vauxhall Walk,
Llundain, SE11 5HJ dan y teitl *Leon Loves Bugs*

ⓑ testun: Dyan Sheldon, 2000 ©
ⓑ lluniau: Scoular Anderson, 2000 ©
ⓑ testun Cymraeg: ACCAC, 2005 ©

Cedwir pob hawl. Ni chaniateir atgynhyrchu unrhyw ran o'r cyhoeddiad
hwn na'i gadw mewn cyfundrefn adferadwy na'i drosglwyddo mewn
unrhyw ddull na thrwy unrhyw gyfrwng, electronig, electrostatig, tâp
magnetig, mecanyddol, ffotogopïo, recordio nac fel arall, heb ganiatâd
ymlaen llaw gan y cyhoeddwyr, Gwasg Gomer, Llandysul, Ceredigion.

Dymuna'r cyhoeddwyr gydnabod cymorth
Adrannau Cyngor Llyfrau Cymru.

Cyhoeddwyd gyda chymorth ariannol
Awdurdod Cymwysterau Cwricwlwm ac Asesu Cymru.

Argraffwyd gan
Wasg Gomer, Llandysul, Ceredigion SA44 4JL

Cynnwys

TECWYN TRYCHFIL

Roedd disgyblion Blwyddyn Tri
yn gwrando'n astud ar Mrs
Roberts, eu hathrawes, yn rhoi
gwers yn y parc. Pawb ond
Tecwyn a Nia. Roedd Tecwyn
wedi dianc ac wrthi'n tynnu
Siani Flewog wysg ei chefn
drwy'r glaswellt. Ond roedd Nia
wedi sylwi arno trwy gil ei
llygaid.

'Mrs Roberts!' gwaeddodd Nia. 'Mrs Roberts, mae Tecwyn yn chwarae'n wirion efo trychfilod eto!'

Cododd Mrs Roberts ei phen a gweiddi, 'Tecwyn Tomos, rho lonydd i beth bynnag sy'n symud yn y glaswellt o dan dy draed!'

'Llonydd i beth? Dydw i ddim yn gwneud dim byd!' atebodd Tecwyn gan dynnu stumiau ar Nia.

Cerddodd Mrs Roberts yn fân ac yn fuan at Tecwyn.

Choelia i fawr nad ydi o'n gwneud *dim byd*, meddyliodd. Roedd Tecwyn bob amser â'i fys ymhob brwes. 'Beth wyt ti'n guddio tu ôl i dy gefn?' gofynnodd yn flin. Gollyngodd Tecwyn y Siani Flewog i'r glaswellt. 'Dim byd!' meddai gan ddangos ei ddwylo gwag iddi.

Gwgodd Mrs Roberts. Roedd hi'n gwybod yn iawn bod Tecwyn Tomos wrth ei fodd gyda thrychfilod. Roedd o'n rhyfeddu atyn nhw ac yn eu gwylio am oriau. Ond, gwaetha'r modd, roedd o'n mynd un cam ymhellach na'u gwylio. Roedd Mrs Roberts wedi gwneud ei gorau glas i'w gael i astudio trychfilod, yn lle eu brifo a'u niweidio bob gafael.

Felly, roedd hi'n amau'n gryf bod Tecwyn yn dweud celwydd. Ond roedd y Siani Flewog wedi diflannu'n ôl i'r glaswellt a dwylo Tecwyn yn wag.

'Mae gen i lygaid tu ôl i mhen, Tecwyn! Mae'n rhaid iti ddysgu trin trychfilod yn garedig a gofalus!' meddai'n flin wrtho.

Yna gwelodd Mrs Roberts wiwerod yn chwarae ac anghofiodd am Tecwyn a'i drychfilod.

Ond roedd Tecwyn yn dal i gofio bod Nia wedi agor ei cheg fawr i achwyn amdano. Roedd hi'n bryd dysgu gwers iddi!

Tra oedd y plant i gyd yn astudio'r wiwerod yn neidio o un gangen i'r llall fry uwchben, roedd Tecwyn yn ffugio gwylio tu ôl i bawb. Roedd yn well ganddo edrych yn y glaswellt i chwilio am y trychfil perffaith i ddychryn Nia. Ac yna fe'i gwelodd! Hen bry du gyda sbotiau melyn ar ei gefn. Cuddiodd y pry yn slei mewn bocs da-da yn ei boced.

UN PRY YN ORMOD
I MRS ROBERTS

Arhosodd Tecwyn trwy'r
prynhawn cyn dial ar Nia.

Dim ond deng munud oedd
ar ôl tan ei bod yn amser mynd
adref. Roedd Mrs Roberts a'i
chefn tuag atynt yn ysgrifennu
geiriau'r wythnos ar y bwrdd
gwyn. Roedd pennau pawb yn
eu llyfrau wrth iddyn nhw
ysgrifennu'r geiriau'n ofalus yn
eu llyfrau gwaith cartref.

Pen pawb ond Tecwyn, wrth
gwrs. Tynnodd y pry du o'r
bocs yn araf. Roedd yn disgwyl
ei gyfle i'w ollwng i lawr coler
crys Nia fel roedd hi'n copïo'r
gair olaf
oddi ar
y bwrdd
gwyn.
Llithrodd
y pry i
lawr ei
chefn.
Sgrechiodd Nia.
Pan drodd Mrs Roberts i
wynebu'r dosbarth, roedd
Nia'n neidio a strancio i fyny
ac i lawr rhwng y desgiau.

Ysgydwodd ei dillad yn wyllt.
'Help! Mae o'n pigo!' sgrechiodd.

Dechreuodd y genethod
gynhyrfu a chrio wrth wylio Nia.
Ond crio chwerthin oedd y
bechgyn.

Disgynnodd y pry du i'r llawr wrth draed Tecwyn.

'Tecwyn Tomos!' gwaeddodd Mrs Roberts yn flin fel cacynen.

'Tecwyn Tomos, rydw i wedi dy rybuddio di y bore 'ma i beidio â chwarae gyda thrychfilod!'

'Dydw i ddim yn chwarae hefo dim byd!' protestiodd Tecwyn wrth ymestyn ei droed i sathru ar y pry du a'i wasgu.

'Pam mae Nia'n sgrechian?' gofynnodd yn ddiniwed fel oen. Ond roedd llygaid Mrs Roberts yn gwylio troed Tecwyn yn gwasgu'r pry du druan.

'Wel, edrych beth wyt ti wedi'i wneud nawr!'

Gafaelodd Mrs Roberts yn ei dreinyr a chodi'r pry du yn ofalus rhwng ei bys a'i bawd.

'Be ydi'r holl ffwdan? Dim ond pry ydi o!' meddai Tecwyn.

'Ffwdan? Gei di ffwdan, fachgen. Digon yw digon, Tecwyn. O hyn ymlaen does yr un o dy ddwy droed di'n mynd allan i'r parc pan fydd y dosbarth yn cael gwersi natur,' meddai Mrs Roberts yn gandryll.

TECWYN YN UNIG

Gwers natur yn y parc oedd hoff wers Tecwyn. Roedd o'n teimlo'n drist ac yn ei cholli'n ofnadwy.

Tra oedd plant y dosbarth yn mynd am dro natur bob wythnos i chwilio am nythod a thyllau cwningod, roedd Tecwyn wrth ei ddesg yn ysgrifennu cant o linellau, *'Rhaid imi beidio chwarae gyda thrychfilod . . .'* un ar ôl y llall yn ddiflas.

Ond yn waeth na dim roedd
Mrs Roberts wedi ysgrifennu
llythyr at ei rieni a bellach doedd
dim hawl ganddo i chwarae ar ei
ben ei hun yn yr ardd.

Roedd Tecwyn wrth ei fodd yn
yr ardd – yn fwy na'r parc hyd yn
oed. Treuliai oriau yn adeiladu
trapiau-dal-trychfilod. A phan
roedd yn rhy ddiog i godi trap
byddai'n sathru ar eu cartrefi
bach neu daflu dŵr
drostynt. Pan
fyddai mewn
tymer ddrwg
iawn byddai'n
torri aden neu
goes ambell un.

Hoff gêm Tecwyn oedd rasys trychfilod. Byddai'n rhoi seren aur i'r enillydd. Roedd sêr aur ar hyd y lawnt.

Ond nawr, roedd Tecwyn yn teimlo'n unig yn chwarae ar ei ben ei hun yn ei lofft.

'Does dim i'w wneud yma!' cwynodd.

'Twt lol! Mae
gen ti fwy na
digon o deganau
yn gwmni iti!'
meddai ei fam.
Ond roedd Tecwyn
yn colli'r trychfilod
yn yr ardd. Roedd bywyd
yn ddiflas hebddynt.
Doedd dim byd amdani ond
chwilio am ffordd i fynd atynt.

MRS TOMOS A'R SYRPRÉIS

Tra oedd ei fam yn brysur ym
mhen pella'r tŷ, aeth Tecwyn
mor dawel â gwyfyn i'r gegin.
Yn ddistaw bach gafaelodd
mewn jariau gwag o'r bin
sbwriel ailgylchu a'u cario heb
siw na miw yn ôl i'w lofft.

Disgwyliodd i'w fam ddechrau hwfro i fyny'r grisiau cyn mynd ati i dorri tyllau gyda hoelen yng nghaead bob jar. Erbyn i Mrs Tomos gyrraedd ei lofft roedd Tecwyn wedi cuddio'r jariau ac wrthi'n dechrau gwneud jig-sô pili-pala ar y llawr.

'A phwy ddwedodd nad oedd ganddo ddim byd i'w wneud?' meddai Mrs Tomos gan wenu.

Bob prynhawn wedi hynny
roedd Tecwyn yn achub ar bob
cyfle i fynd i gasglu trychfilod
yn yr ardd yn slei bach.
Byddai'n rhaid iddo ddisgwyl i'w
fam fynd i weithio ym mhen
pella'r tŷ, ymhell o olwg yr ardd.

Cadwai'r trychfilod yn ddiogel
yn y jariau a'u cuddio o dan y
gwely o'r golwg.

Ar ôl dod adre o'r ysgol byddai Tecwyn yn gollwng y trychfilod yn rhydd o'r jariau a chwarae gyda nhw drwy'r prynhawn. Cyn mynd lawr i swper byddai'n cadw bob un yn ôl yn y jariau cyn eu gollwng yn rhydd eto ar ôl cyrraedd yn ôl.

Roedd Mrs Tomos wrth ei bodd yn ei weld yn ymddwyn mor gall. Roedd hi'n credu bod Tecwyn yn darllen ac yn gweithio'n ddyfal ar y jig-sô. Penderfynodd ei fod yn haeddu gwobr. Felly prynodd lyfr natur ar wenyn fel syrpréis iddo.

Roedd Tecwyn ynghanol ras
drychfilod pan gurodd ei fam
ar ddrws ei lofft. Chlywodd o
mo'i fam yn gweiddi arno,
'Tecwyn! Tecwyn mae syrpréis
gen i i ti!'

Wrthi'n dal trychfil ar gledr
ei law oedd o pan gafodd ei
fam fwy na syrpréis wrth gamu
i'r llofft.

'Tecwyn . . .' Ond diflannodd
ei geiriau yn ei cheg pan welodd
y trychfilod a'r pryfed mewn
jariau ymhobman.

Edrychodd ar Tecwyn. Roedd
ei geg yn agored fel petai'n ceisio
dal pry.

'Mae hyn wedi mynd yn rhy
bell o lawer, Tecwyn. Digon yw
digon! Mae'n rhaid i bob trychfil
bach a mawr fynd yn ôl i'r ardd,
doed a ddelo!' meddai.

'Mae'n rhaid iti
feddwl o ddifrif cyn
cyffwrdd blaen dy fys
ar unrhyw drychfil!'
meddai gan roi
anferth o glep i'r drws.

Digon yw digon!

TECWYN Y TRYCHFIL

Er i'w fam lanhau ystafell
Tecwyn yn ofalus, roedd un
chwilen ar ôl yn ei lofft.

Edrychodd Tecwyn arni'n
crwydro ar ei obennydd wrth
orwedd ar ei wely. 'Rhaid iti
feddwl o ddifrif cyn cyffwrdd . . .'

Cofiodd am eiriau ei fam.
Roedd o'n meddwl am drychfilod!

Syllai'r chwilen arno wrth
chwifio'i theimlyddion.

Syllodd y ddau ar ei gilydd.
Doedd o erioed wedi astudio
chwilen mor agos ac mor hir â
hyn o'r blaen. Tybed oedd hi'n
chwilen ifanc neu'n hen un?
Ble roedd hi'n byw? Oedd y
chwilod eraill yn gweld ei
cholli, tybed?

Roedd Tecwyn yn meddwl a
meddwl am y chwilen nes iddo
syrthio i gysgu heb sylwi.

Pan ddeffrodd roedd yr haul
yn tywynnu drwy'r ystafell.

Rhwbiodd ei lygaid yn hurt.
Roedd rhywbeth o'i le. Roedd y
gwely mor fawr â neuadd yr
ysgol, a'r to filltiroedd i ffwrdd
uwch ei ben.

Ymlusgodd ar ei benliniau i
edrych dros erchwyn y gwely.

Ond doedd o ddim ar y gwely o gwbl! Ar y gobennydd oedd o! Roedd y gobennydd mor fawr â neuadd yr ysgol; y gwely mor fawr â chae pêl-droed. Roedd edrych ar y llawr ymhell bell oddi tano yn ei wneud yn chwil!

Ymlwybrodd at erchwyn y gwely a phwyso drosodd. Roedd ei dreinyrs mor fawr â llongau.

Edrychodd ar ei draed a'i ddwylo. Oedd, roedd o, Tecwyn Tomos, cyn lleied â chwilen.

Ai dyma oedd yn digwydd wrth feddwl o ddifrif am drychfilod? Roedd yn rhaid iddo chwilio am help, a dweud wrth ei fam ar unwaith. Crynai fel deilen.

Caeodd ei lygaid yn ofnus a thaflu'i hun dros erchwyn y gwely.

Syrthiodd i lawr . . . lawr . . .

lawr . . .

lawr . . .

lawr . . .

DIM OND TRYCHFIL!

Glaniodd ar y pentwr o ddillad
a adawodd ar y llawr. Collodd
ei wynt am ychydig cyn mentro
ar ei draed mor fuan ag y gallai
tuag at y drws. Roedd hi'n
cymryd munudau lawer i
ddringo dros y pentwr dillad.

Unwaith y llwyddodd i lithro dros y pentwr olaf o ddillad roedd yn rhaid iddo ddringo dros ei dreinyrs!

Roedd fel dringo'r Wyddfa. Yna, roedd yn rhaid symud o'r gwely tuag at y drws. Roedd y llawr yn ymestyn fel anialdir o'i flaen.

'Alla i ddim credu hyn,' meddai Tecwyn wrth ymbalfalu dros y carped.

Roedd pob pelen fflwff yn y carped, pob pensil a darn o bapur a phìn bawd, yn ei rwystro bob gafael.

'O! mae bod yn drychfil yn andros o waith caled,' meddyliodd.

O'r diwedd
cyrhaeddodd
ddrws y llofft.
Edrychodd ar
ddwrn y drws
ymhell bell
uwch ei ben.

'O! na, be
wna i?' meddai
Tecwyn yn
drist. Ond
cyn iddo
feddwl am
ateb clywodd
sŵn traed tu
ôl i'r drws.

O! Na!

39

'Coda, Tecwyn!' gwaeddodd ei fam 'Mae hi'n ddydd Sadwrn. Diwrnod prysur heddiw!' meddai.

Taflodd Tecwyn ei hun ar wastad ei gefn ar y llawr cyn i'r drws agor arno. Sathrodd ei fam ar ei droed wrth iddi gerdded drwy'r drws.

Sgrechiodd Tecwyn dros y lle a dawnsio mewn poen.

Ond roedd o mor fach â
thrychfil. Chlywodd ei fam ddim
siw na miw o'r sgrechian.

'Ble rwyt ti, Tecwyn?' meddai.
'Tyrd i'r golwg y munud yma!
Mae'n rhaid i ni fynd i siopa.'

41

Llusgodd Tecwyn ei hun ar
un o dreinyrs ei fam.

'Fan hyn ydw i!' gwaeddodd
nerth esgyrn ei ben. Ond
chlywodd ei fam ddim gair.

'Rhyngot ti a dy bethau!'
meddai wrth syllu ar y gwely
gwag. 'Gei di guddio a phwdu
fel mynni. Rydw i'n mynd i'r
dre hebddot ti!'

Trodd ar ei sawdl a mynd allan o'r llofft heb sylwi fod Tecwyn yn gafael yn sownd yng ngharrai ei threinyrs.

Roedd hi'n reid a hanner ar dreinyr ei fam. Roedd ganddo gur yn ei ben wrth iddi daro'i sawdl ar y llawr, a'i ben yn troi fel chwrligwgan am ei bod hi'n cerdded mor gyflym.

Cydiodd am ei fywyd yng ngharrai'r treinyr. Roedd peryglon ymhobman o'i gwmpas ac yntau mor fach â chwilen bwm.

Yn y diwedd, llafn o laswellt wrth ymyl y giât daflodd Tecwyn i ffwrdd oddi ar dreinyr ei fam.

Ymbalfalodd ar ei draed. Roedd y glaswellt mor dal â choed.

'Mam!' meddai allan o wynt. 'Dw i fan hyn!'

Ond aeth ei fam yn syth yn ei blaen at yr arhosfan bws heb droi ei phen hyd yn oed.

'Mam! Aros!' gwaeddodd. 'Aros amdana i!'

Dim ond ychydig o fetrau oddi wrth y tŷ oedd yr arhosfan bws – ond i rywun o'r un maint â chwilen bwm teimlai fel cilometrau i ffwrdd!

Rhedodd Tecwyn at ei fam a'i wynt yn ei ddwrn. Roedd traed cewri o'i gwmpas ac roedd yn rhaid iddo ganolbwyntio rhag cael ei sathru ganddynt.

Doedd neb yn sylwi ar drychfil bach.

Roedd Tecwyn yn arfer cael andros o hwyl yn gwthio morgrug a chwilod i holltau yn y palmant. Ond doedd dim yn ddoniol yn hynny'n nawr.

Doedd fiw iddo gael ei ddal mewn hollt. Roedd pob hollt fel ceunant.

Dan chwythu a chwysu
cyrhaeddodd Tecwyn yr arhosfan
fel roedd y bws yn cyrraedd.

'Mam,
edrychwch!'
sgrechiodd. 'Dw
i fan hyn!'

Cerddodd
mam Tecwyn i
fyny'r grisiau.
Cydiodd
Tecwyn ar
odrau ei sgert a
bownsio i fyny'r
grisiau gyda hi
nes iddi eistedd
yn sedd flaen y
bws.

Roedd o wedi ymlâdd ond yn
ddigon hapus.

Ceisiodd dynnu sylw'i fam
drwy'r adeg trwy gosi a chrafu
ei choes.

'O, hen bry yn cosi nghoes i!' meddai mam Tecwyn a rhoi hergwd iddo nes glaniodd ar ei gefn ar hen bapur da-da. Roedd darnau bach o siocled yn glynu fel glud ar ei gefn. Chwifiodd ei goesau a'i freichiau fel peth gwyllt yn yr awyr.

Aeth y bws allan i'r ffordd
gan daflu Tecwyn a'i chwyrlïo
fel petai mewn storm ar y môr.
Pan drodd y bws rownd y
gornel yn sydyn, daeth y papur
da-da yn rhydd oddi ar ei gefn.

Sgrialodd Tecwyn ar ei hyd
ac aeth ar ei ben i bwll o hen
lemonêd ar y llawr.

'Help, help, dw i'n boddi!'
bloeddiodd.

Ond ni chlywodd ei fam na
neb arall ei lais yn bloeddio.

Ochneidiodd Tecwyn yn wlyb
a gludiog a dringodd ar dreinyr
ei fam unwaith eto.

Gafaelodd yn ei sgert a
dringo'n araf at ei phenliniau.

Roedd glin ei fam mor llydan
â chefnfor. Anadlodd lond
ysgyfaint o aer cyn symud
fesul dipyn ar draws ei glin.

O'r diwedd cyrhaeddodd ei
bys bach a chydio ynddo gyda'i
ddwy fraich.

'Mam!' gwaeddodd Tecwyn.
'Mam, edrychwch! Fi sy 'ma!'

Edrychodd ei fam arno. 'Ych!
Hen drychfil bach!' sgrechiodd.

A'i geg yn agored led y pen, gwyliodd Tecwyn law ei fam yn codi i'w daro fel petai'n bry bach.

'Peidiwch!' gwaeddodd. 'Peidiwch, fi sy 'ma!'

Ond disgynnodd ei llaw arno fel caead . . .

TECWYN ♥ TRYCHFILOD

Deffrodd Tecwyn. Roedd yn crynu fel deilen ar ôl ei freuddwyd ddychrynllyd. Disgleiriai'r haul drwy ffenestr ei lofft.

O'i amgylch, roedd popeth yn edrych yn union yr un fath. Roedd ei lyfrau a'i deganau ar y silffoedd o hyd a'i dreinyrs a'i ddillad budr wrth ochr ei wely.

Roedd y llawr a'r to yn union yn yr un lle.

Sylwodd Tecwyn bod y chwilen unig yn dal ar ei obennydd.

Ond sylweddolodd Tecwyn fod un peth wedi newid. Am y tro cyntaf erioed, doedd ganddo ddim awydd o gwbl i chwarae'n wirion gyda thrychfilod.

Cofiodd pa mor fawr oedd popeth o'i gwmpas yn ei freuddwyd a pha mor ofnus oedd o.

Mae'n siŵr bod y chwilen yn ofnus iawn, meddyliodd. Mae'n rhaid ei bod hi'n ysu am gael bod yn ôl yn ddiogel ar y goeden dderwen – yn union fel yr oedd o eisiau bod yn ôl yn ei wely.

Cododd a gwisgo'i slipars am ei draed. Yna'n ofalus a thyner gafaelodd yn y chwilen a'i chario'n gyflym i'r ardd.

Yn hynod ofalus,
rhoddodd
Tecwyn y
chwilen ar y
ddeilen lle
cafodd hyd iddi
echdoe.

Ar unwaith, agorodd y chwilen
ei hadenydd. Cyffyrddodd ei
haden yn ysgafn ar
foch Tecwyn wrth iddi
hedfan i ffwrdd.

Gwenodd Tecwyn.

'Rwy'n caru
trychfilod!' meddai'n
uchel dros yr ardd.
'Caru! Caru!
Caru trychfilod!'

59

Trwy'r prynhawn, eisteddodd
Tecwyn ar y gwely haul yn
darllen y llyfr brynodd ei fam
iddo am wenyn. Darllenodd
nes ei bod hi bron â nosi.

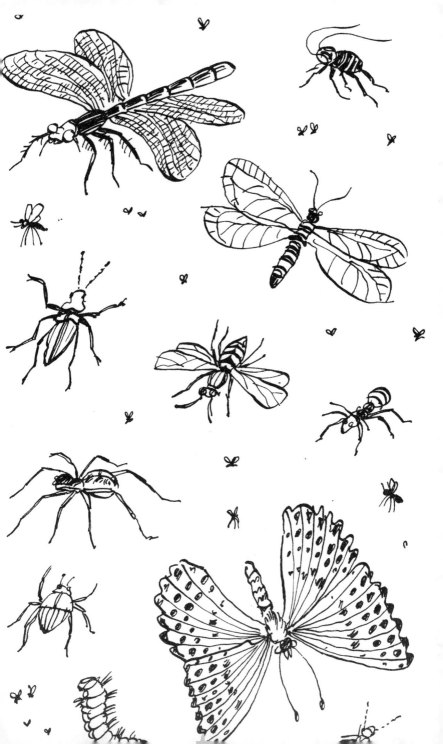

Hefyd yn y gyfres:

*Cysylltwch â Gwasg Gomer
i dderbyn pecyn o syniadau
dysgu yn rhad ac am ddim.*